PENSÉES

D'UN

SOLITAIRE

LYON

IMPRIMERIE D'AIMÉ VINGTRINIER

QUAI SAINT-ANTOINE 36

PENSÉES

D'UN

SOLITAIRE

PAR

FÉLIX OLIVIER

PARIS

CHEZ GARNIER FRÈRES

LIBRAIRES-ÉDITEURS AU PALAIS-ROYAL

LYON

CHEZ GIRAUDIER LIBRAIRE

PLACE BELLECOUR

1853

A

MONSIEUR L'ABBÉ NOIROT,

INSPECTEUR-GÉNÉRAL

DE L'INSTRUCTION PUBLIQUE.

MON CHER ET VÉNÉRÉ MAITRE,

Je vous dédie ces quelques pages,
écrites dans les heures de trève que
me laissent les labeurs de ma pro-
fession, ébauches dont le dessin est
à peine achevé, vagues reflets d'une
pensée rêveuse qui a toujours aimé,

vous le savez, à se recueillir et à
s'isoler.

Je les publie pêle-mêle et sans
art, comme ma main les a tracées,
courant au gré de ma fantaisie flot-
tante et des caprices d'une allure
vagabonde et brisée ; c'est que je
n'ai pour elles aucune prétention lit-
téraire, l'*exegi monumentum* ne
convient qu'aux maîtres ; ma seule
ambition est d'être un auxiliaire
obscur au service de cette noble
cause dont le *spiritualisme* est le
drapeau ; cette cause qui est au fond
de toutes nos luttes, qui ne peut
périr qu'en entraînant dans sa ruine

les sociétés chancelantes , et qu'un homme illustre, qui s'honore encore par la dignité avec laquelle il supporte ses disgrâces , appelait avec tant de raison , en l'opposant au rationalisme, le *supernaturalisme*.

J'ai voulu apporter mon humble pierre à cet édifice de reconstruction morale dont l'œuvre semble échue à notre âge ; dans la mesure de mes faibles forces , j'ai cherché à relever un peu les pensées , à les détourner des intérêts terrestres qui ne sont que des intérêts d'un jour, *divitia- rum gloria fluxa atque fragilis* (1)

(1) Salluste, *de Catilina*, 1.

à les reporter vers l'idéal et vers l'invisible.

Comme on l'a dit tant de fois et avec une autorité bien supérieure à la mienne : l'on ne tombe que du côté où l'on penche; eh bien ! il m'a paru que la société penchait vers le matérialisme.

Ces merveilleuses découvertes de la science, cet immense essor donné à l'industrie moderne , cet amollissement des mœurs, inévitable dans les langueurs d'une longue paix, tout incline les esprits vers la terre , tout les dirige vers la recherche presque exclusive du bien-être et des progrès matériels ; on est idolâtre du luxe et des arts ; on se passionne pour leurs fragiles jouissances , et l'on ne songe pas que la vie morale est le sel qui empêche les civilisations de se corrompre ; retirez-la , et sous leurs lambris fastueux , sous leurs tissus de pourpre et d'or, les sociétés tomberont en poussière , et ces superbes cités , dont les splendeurs n'ont rien à envier à l'antique Orient, ne seront plus que des sépulcres blanchis.

Voilà le dessein de cette œuvre ; voilà le but que je me suis proposé.

Puissé-je avoir trouvé pour l'atteindre quelques-unes de ces graves et fortes paroles familières au grand Apôtre :

Quoniam quidem epistolæ graves sunt et fortes... (1)!

Puissé-je contribuer à prévenir quelques défaillances, à ranimer quelques courages, à faire aimer le devoir ! Le prix serait au-dessus de mes mérites, presque au-dessus de mes espérances.

Puissé-je aussi, mon cher et

(1) 2ᵉ Ep. *S. Paul aux Cor.* ch. x, v. 10.

vénéré maître, n'être pas resté trop indigne de vos enseignements !

Vos mains magistrales ont formé mon austère enfance, vos doctes leçons ont donné l'essor à ma pensée ; cet amour du bien, probité de l'âme, seul titre de ce faible écrit, si l'on peut invoquer pour lui quelque titre, vous me l'avez inspiré : c'est la perle que vous avez mise dans mon écrin ; mais elle y est restée seule.

Permettez-moi un dernier mot pour expliquer ce qui pourra paraître à plusieurs une lacune.

Je n'ai voulu mêler à ces pages que très-peu de réflexions politiques, et encore leur portée est-elle plus sociale que politique, et va-t-elle au-delà des horizons du présent.

C'est qu'en élevant sa pensée on arrive à des régions sereines, où l'on sent que les passions expirent.

Et pourquoi aurais-je réveillé d'irritants souvenirs ? Les anciens partis ont abdiqué et rendu leurs armes; devais-je troubler la cendre des morts? Mes opinions triomphent, il leur sied d'être modestes.

Je n'ai donc fait que de rares

excursions dans le domaine de la politique, et dans mes appréciations des faits contemporains, je ne me suis permis aucune allusion hostile aux personnes ; j'ai évité toute parole amère contre les opinions dissidentes.

Je ne me suis pas même cru autorisé à l'éloge. Je n'ai pas de goût pour le rôle de courtisan. D'ailleurs, le prince que vous servez et que nous aimons est mieux loué par ses œuvres. Elles lui rendent témoignage ; elles l'élèvent au niveau de son grand nom.

Maxime ! qui tanti mensuram nominis imples (1) !

Voilà, mon cher maître, ce que j'avais à vous dire ; voilà la lettre de créance de ces *Pensées* auprès de vous.

Et à présent qu'elles aillent à leurs destinées ! *Habent sua fata libelli.*

Qu'elles y aillent sous vos auspices, et que, désarmée par votre nom vénéré, l'opinion ne leur soit pas trop sévère !

(1) Ovide, *Les Pontiques*, lettre 2.

Si elles ne sont pas inutiles, si
elles font quelque bien, jouissez-en,
car il sera votre œuvre.

Veuillez agréer la haute expres-
sion des sentiments distingués de

Votre affectionné et respectueux
élève,

OLIVIER.

Lyon, le 20 juin 1853.

PENSÉES

D'UN

SOLITAIRE.

—

SUR L'AUTORITÉ.

L'autorité est le grand ressort des sociétés. C'est l'axe autour duquel elles gravitent.

Palladium du droit de tous, l'autorité le formule dans les lois et le symbolise dans la majesté souveraine. La liberté ne représente que le droit individuel ; la licence en est l'exaltation.

MÊME SUJET.

Un peuple qui a rejeté l'autorité est comme un navire errant sans boussole et sans lest.

SUR LE MALHEUR.

Le malheur rejette l'homme dans les bras de Dieu.

C'est un orage qui rompt les amarres par lesquelles son vaisseau était retenu à la terre. La tempête mugit dans les airs, l'éclair sillonne la nue de ses feux livides, les mâts foudroyés volent en éclats, mais le nautonier lève vers le ciel ses mains suppliantes, et le vaisseau désemparé vogue vers la rive immortelle.

AUX DÉSHÉRITÉS.

O vous qui n'avez pas votre place au banquet de la création, vous qui trempez votre pain de vos larmes, retenez le blasphème sur vos lèvres, et ne maudissez pas votre partage ! Ceux que vous appelez les heureux ont déjà reçu leur récompense ; et vous, les déshérités de la terre, ces miettes que laisse tomber sur vous la dédaigneuse opulence sont les arrhes du festin qui vous attend dans la patrie céleste.

SUR L'AMOUR.

L'amour est comme une pierre d'attente sur le seuil de l'infini. C'est une borne milliaire entre deux mondes ; ce n'est plus la terre, mais ce n'est pas encore le ciel.

C'est un rameau enchanté que l'homme, banni des berceaux d'Eden, détacha en fuyant de l'arbre de vie.

SUR L'ANALYSE ET LA SYNTHÈSE.

L'analyse se traîne du connu à l'inconnu ; la synthèse est congénère avec

l'inspiration ; l'une rampe, l'autre plane
et rayonne ; celle-ci crée, celle-là dissout ;
l'analyse est le bâton dans les mains de
l'aveugle, la synthèse est le rayon de feu
qui resplendit sur les fronts divins ; c'est
le flambeau que les pasteurs des peuples
se passent de main en main depuis le berceau du monde, et qui guide les nations à
travers les âges, comme cette colonne lumineuse qui dans le désert marchait devant les Hébreux.

Au lendemain de la création, dans ces
jours où Dieu ne dédaignait pas de conver-
ser avec les mortels, le monde était pour
l'homme comme un livre ouvert ; l'intuition lui révélait les mystères des êtres ;
aujourd'hui, courbé vers la terre, déchu
par la faute originelle, de sa grandeur primitive, roi découronné de cet univers qui
se taisait autrefois *devant lui*, il défriche,
en les arrosant de ses sueurs, les âpres
champs de la science, et remonte péni-

blement les rudes sentiers de l'analyse.

Heureuses les natures privilégiées qui ne sont pas condamnées à parcourir cette *voie douloureuse !*

SUR LE GÉNIE.

Le génie ne procède guère par induction. La lente germination de l'analyse ne féconde pas sa pensée. Elle jaillit du front qu'il inspire comme l'éclair de la nue. C'est Minerve sortant tout armée du cerveau de Jupiter.

SUR L'UNITÉ.

Au sommet de la perfection morale, comme à celui de l'intelligence, est l'unité. Le vice sépare et dissout, en opposant l'intérêt privé à l'intérêt général. La charité fait cesser cet antagonisme ; elle incline la personnalité devant le devoir, elle relie et édifie par l'abnégation qu'elle inspire :

Charitas vero ædificat (1).

De même, dans l'ordre des intelligences, les facultés analytiques peuvent former des spécialités, mais, si brillantes qu'elles soient, ce ne sont que les facettes

(1) 1re Ep. *S. Paul aux Cor.* c. viii, v. 1.

de ce divin miroir qui réfléchit la splendeur incréée, et dont les esprits généralisateurs font seuls rayonner le foyer.

SUR LE RATIONALISME.

Le rationalisme qui, dans son orgueil, répudie l'inspiration divine, est comme une terre qui croirait pouvoir être fertilisée sans les rosées du ciel.

SUR LA NATURE DES ÊTRES.

Le ressort du monde visible est dans le monde invisible. C'est là que toutes les essences et toutes les perfections ont leur type inaltérable. Le monde réel est comme baigné par le monde idéal dont il n'est que la figure et l'image.

Præterit figura hujus mundi (1).

L'âme est donc l'être intégral, *le moi* ; le corps n'est que sa livrée ; c'est un voile jeté pour un jour sur sa divine essence.

SUR LE JUGEMENT.

Le jugement est le ciment qui lie les facultés de l'homme.

(1) 1re Ep. S. *Paul aux Cor.* c. vii, v. 31.

SUR L'INTUITION.

De même que l'idée générale plane au
faîte de la pensée, de même l'intuition,
ce regard du génie, rayonne au zénith
de l'intelligence, et en éclaire au loin
tous les horizons.

SUR LA PUDEUR.

La pudeur est le parfum de la beauté ;
c'est la chasteté dans l'amour ; c'est le
mystère uni à la grâce ; elle est pour la
femme ce que l'honneur est pour l'hom-

me ; ce sont les lettres de noblesse de l'âme ; c'est le nimbe radieux qui décèle les natures augustes comme ces nuées lumineuses qui entouraient les dieux de l'Olympe quand ils descendaient parmi les mortels.

Trois fois heureuse l'épouse pudique qui peut se dire à sa dernière heure comme Cornélie mourante : « *J'ai vécu pure entre les deux flambeaux.* »

SUR L'ART.

L'art est comme le Verbe du beau. C'est une émanation, un rayonnement de l'idéal qui vient, pour ainsi dire, s'incarner et s'épanouir en lui.

Le génie de l'artiste anime la toile, fait

palpiter le marbre, spiritualise en quelque sorte la pierre et l'airain. C'est Pro-
méthée qui ravit le feu du ciel, et en fait
présent à la terre.

Voilà l'art dans son sens auguste et
sacré. C'est un culte, c'est presque une
religion ; mais elle ne veut que des rites
austères et de chastes adorations.

De nos jours on y met moins de mysti-
cisme. On divinise la forme, on est idolâtre
de la matière, on porte le sensualisme
jusques dans l'art, sans songer que l'amour
finit lorsque la volupté commence.

Aussi, l'inspiration se retire, les traditions s'altèrent, et nous glissons avec ra-
pidité sur les pentes de la décadence.

DE L'ACCORD DE LA PROVIDENCE AVEC LA LIBERTÉ DE L'HOMME.

L'action divine et l'action humaine se combinent sans s'absorber.

On peut dire que, par un phénomène analogue à celui que révèle la décomposition des mouvements, les événements ne sont que la résultante de cette force géminée. Ainsi, le mobile se dirige à travers l'espace en raison composée de sa force impulsive et des lois de la gravitation.

A ce point de vue, les faits historiques sont pour l'observateur comme des médailles qui portent une double empreinte ; d'un côté est l'effigie divine, de l'autre celle de l'homme.

MÊME SUJET.

L'action providentielle est le milieu dans lequel se déploie la liberté humaine. C'est une sorte d'atmosphère divine qui l'enveloppe et la baigne dans tous les sens, et qui exerce sur elle sa pression invisible.

Faites le vide et isolez l'homme un seul jour, l'équilibre du monde moral est détruit.

Voilà le nœud du drame humain, le ressort caché de l'histoire. C'est dans ce sens que Bossuet a dit : *l'homme s'agite, et Dieu le mène.*

Au fond de cette vaste scène où les générations se succèdent depuis six mille ans, ne semble-t-il pas, dans le lointain, voir apparaître la main divine, tandis que l'initiative humaine se montre seule sur le premier plan ?

Comme l'écrivait l'illustre Château-briant : *Dieu se lève derrière les hommes*.

AUX JEUNES GENS.

Jeunes gens ! si vous aimez, ne dénouez pas la ceinture de Vénus ; cueillez la fleur de l'idéal et non celle du plaisir.

Le plaisir est comme ces fruits déce-vants qui croissent sur les bords de la mer Morte : leur beauté fascine le regard et irrite le désir ; mais ils ne laissent que des cendres dans la main qui les cueille, et leur saveur corrosive dévore les lèvres qui les ont goûtés.

SUR LES LANGUES.

Les langues paraissent avoir un tronc commun, une souche unique comme les générations.

De même qu'à la naissance des générations il y a une création primitive, de même aussi, à l'origine des langues, il y a une parole révélée. C'est une sorte d'assise, c'est la *pierre de l'angle* sur laquelle les idiomes divers se sont constitués.

Cette analogie dans la formation se retrouve aussi dans le déclin. Comme les générations, les langues s'altèrent en s'éloignant de leur source.

L'étude exclusive des sciences naturelles incline trop l'homme vers la terre.

Le scalpel à la main, il fouille les mystères de l'organisme, croit dégager les éléments des êtres, et surprendre les secrets de la vie.

Bientôt l'ivresse de la science trouble sa faible raison ; il est tenté d'adorer son ouvrage, et se laisse fasciner par l'antique incantation du serpent : *vous serez comme des dieux !*

Savant, votre exaltation vous égare. Ce n'est que dans les visions de l'extase et dans les ravissements du troisième ciel, que saint Paul entendit les mots ineffables, *arcana verba* (1).

Vous n'avez soulevé encore qu'un des coins du voile, vous n'avez fait qu'entrevoir les *causes secondes*.

Ah ! cachez un peu la terre, si vous voulez découvrir le Ciel.

Ce n'est que lorsque la nuit a jeté son manteau sur la nature que les clartés sidérales resplendissent dans les profondeurs du firmament.

DU GOUVERNEMENT REPRÉSENTATIF.

Le gouvernement représentatif semble réaliser l'idéal que Tacite avait entrevu lorsqu'il écrivait :

(1) 2ᵉ Ep. *S. Paul aux Cor.* c. xii, v. 4.

35

Cunctas nationes et urbes populus, aut primores, aut singuli regunt : delecta ex his et consociata reipublicæ forma laudari facilius quam evenire.

L'illustre annaliste ajoutait avec l'intuition du génie ces mots prophétiques, sinistre oracle des temps à venir :

Vel si evenit, haud diuturna esse potest (1).

Il y a bien des raisons de cette durée éphémère.

Les institutions représentatives ont un agencement compliqué qui demande une grande perfection de mécanisme et une merveilleuse souplesse de ressorts.

Il faut pour leur fonctionnement régulier un certain niveau d'intelligence, une culture morale avancée, le respect de la tradition et de la hiérarchie, de la constance, de l'esprit de suite, et surtout des

(1) *Annales*, lib. 4. xxxiii.

habitudes de conduite et de mesure, et cette modération souveraine qui, comme on l'a dit, est le tempérament de la force.

Ces conditions ne se rencontrent guère que dans les époques sereines et dans la période de virilité des peuples.

Adultes, ils ont trop de fougue ; sur leur déclin, pas assez d'initiative et de sève.

Dans leur âge de puberté ou de décadence, ils n'ont besoin que de discipline et de justice. Alors, comme le disent les lois de Manou, *le peuple est sauvé si le juge a l'œil juste.*

Le système représentatif exige, en outre, pour son complet développement, des dispositions natives qui sont loin d'être inhérentes à tous les climats.

Au sein des races flegmatiques et patientes du Nord, ces fortes institutions peuvent germer comme dans leur sol natal ; elles s'énervent et s'épuisent parmi les mobiles et ardentes populations du Midi.

Il y a, en effet, si je ne me trompe, dans l'impersonnalité des monarchies constitutionnelles, dans le nuage dont s'y voile la souveraineté, dans sa superstitieuse inertie, des affinités secrètes avec le génie de ces peuples dont les ancêtres s'étaient fait une religion du mystère :

Deorum nominibus appellant secretum illud, quod sola reverentia vident (1).

Moins mystiques et contemplatives, les générations méridionales préfèrent les réalités aux symboles, l'homme à l'institution, et, dédaigneuses de l'idole, elles ne se courbent que devant le héros.

Dans ces contrées aimées du soleil, les fictions anglaises semblent se dissiper à ses rayons, ou n'y végéter que d'une vie artificielle et précaire, comme ces plantes

(1) Tacite, *Mœurs des Germ*

exotiques qui languissent et s'étiolent sur un sol inhospitalier, dont les sucs se refusent à les nourrir.

DE LA PAIX INTÉRIEURE.

Le cœur qui ne possède point la paix est comme un désert sans arbre et sans eau.

Cette paix que *le monde ne donne pas*, dernier présent du Sauveur qui allait mourir à ceux qu'il aimait, elle n'habite point les tentes des superbes ni des heureux.

Ils descendent au tombeau sans l'avoir goûtée, et dans les profondeurs même de l'abîme ils ne la trouveront pas.

In profundissimum infernum descendent

omnia mea : putasne saltem ibi erit requies mea (1)?

La paix ! elle est le parfum des consciences sereines, l'ineffable prix du devoir accompli.

Elle est votre partage, hommes simples et ignorés, *qui passez en faisant le bien,* gardant le secret d'une félicité que le monde ne connaît pas.

DE LA DÉMOCRATIE.

La démocratie est aux sociétés modernes ce que la vapeur est à l'industrie. Force immense, mais danger adéquat à la force. Comprimée, elle fera explosion ;

(1) Job, c. xvii, v. 16.

livrée à toute sa puissance expansive, elle portera partout la destruction et la mort.

Quel sera le frein de cette force d'où vont dépendre les destinées de l'avenir ? Où sera le point d'appui de la résistance ?

Foi naïve et mœurs simples des ancêtres, culte du foyer, religion des souvenirs, harmonieuse hiérarchie des classes unies entr'elles par des liens touchants de patronage et de respect, immunités et traditions des grands corps, tout a disparu dans la tourmente, tout sera bientôt enseveli dans l'oubli; rien ne reste plus des fortes disciplines et des paternelles institutions du passé; je cherche en vain leurs vestiges, et sur le sol nivelé je ne vois debout que César !

Ah ! je comprends la tristesse des amis de la liberté; qu'ils se voilent la tête, qu'ils versent des larmes, et que leurs

mains pieuses jettent des fleurs sur la
la tombe où est descendue leur idole !

Purpureos spargam flores........................
.........................et fungar inani

Munere (1) :

La liberté ! nous qui n'avons guère
connu que ses orages, nous n'aurons pas
de larmes pour elle.

On a trop profané son chaste nom dans
des luttes impies, cette terre est tiède encore du sang des victimes ; et quand nous
voyons se lever le règne fortuné d'Auguste,
sommes-nous coupables de le saluer avec
bonheur, et pouvons-nous regretter les
perverses excitations des tribuns et les
impures saturnales de la démagogie ?

(1) *Enéide*, lib. vi.

AUX HOMMES MÉCONNUS.

De quoi vous plaignez-vous? Etes-vous
aveugles et errants de ville en ville comme
le vieil Homère? Comme le Tasse, baignez-
vous de vos larmes la paille d'un cachot,
implorant en vain la douce lumière du jour?

Plus heureux que Dante, vous ne savez
pas combien a de sel le pain de l'exil et
combien il est dur de gravir les degrés du
seuil étranger :

> . . . . Come sà di sale
> Il pane altrui, e com'è duro calle
> Lo scendere e'l salir per l'altrui scale.

Si vous avez du génie , préparez-vous
à souffrir comme ces grands hommes.

L'adversité est la rançon que Dieu impose au génie.

Vous demandez la gloire ; mais elle ne dore que les tombeaux ; le temps est sa livrée, et la noble poussière des âges couvre les fronts qu'elle a consacrés.

Vous voulez un peu de bruit autour de votre nom, mais les noms germent lentement comme les idées, comme tout ce qui doit grandir ou durer.

Si ce nom doit vous survivre, les couronnes de la postérité vous vengeront des mépris de vos contemporains; s'il doit mourir avec vous, est-ce la peine d'exhaler tant de regrets !

Que votre cœur ne se trouble donc pas, qu'il se confie et qu'il espère ! La justice est boiteuse comme les prières, mais elle aura son jour et viendra au moins consoler vos ombres.

UNE TYRANNIE DES RÉVOLUTIONS.

Les révolutions sont implacables dans leurs triomphes.

Ce n'est pas assez de l'ébranlement qu'elles donnent au monde ; ce n'est pas assez de leurs sanglants trophées, des larmes des victimes, de l'exil des proscrits ; il leur faut des fêtes publiques, les hommages de la religion, les acclamations des cités pavoisées ; et, pour dernier malheur, pour comble d'abjection, elles veulent imposer la joie aux vaincus :

Novissimum malorum fuit lætitia (1).

(1) Tacite. *Hist.* lib. 1. XLVII

DE LA

JUSTICE ET DE L'ÉGALITÉ CHRÉTIENNES.

Il y a plusieurs demeures dans la maison de mon père :

In domo patris mei mansiones multæ sunt (1),

a dit le Sauveur, mais les rangs ne s'y réglent pas comme dans les palais des mortels. Titres, beauté, fortune, puissance, couronne, génie même, tous ces dons fragiles que la terre envie, sont trouvés bien légers dans la balance redoutable.

(1) *Evangile de S. Jean*, c. xiv, v. 2.

Le droit de cité est mis à un plus haut prix dans la Jérusalem céleste.

Les palmes y sont aux plus dignes, comme l'empire d'Alexandre, et les plus dignes seront les plus justes.

On n'est donc grand devant Dieu que par les œuvres, par la vertu modeste, par la charité, *ce lien de la perfection* (1), par le devoir virilement accompli.

Notre sort est ainsi dans nos mains : les derniers d'entre nous peuvent être les premiers dans les demeures éternelles ; ils n'ont qu'à être les plus purs devant Dieu.

Séchez donc vos larmes, ô justes qui êtes dans l'affliction, vous avez dans le ciel un témoin de votre innocence :

(1) *S. Paul aux Cor.* c. iii, v. 14.

*Ecce enim in cœlo testis meus, et cons-
cius meus in excelsis* (1).

Ne vous irritez ni des dédains du su-
perbe, ni de la prospérité éphémère du
méchant ; si quelquefois la main divine est
lente à le frapper, c'est qu'elle le réserve
pour l'heure de la vengeance :

*Quia in diem perditionis servatur ma-
lus* (2).

Je vous le dis, le jour des comptes viendra ; cette justice et cette égalité dont
vous avez soif, et que le monde ne peut
pas donner, c'est la dette sacrée du ciel
envers la terre, elle sera payée quand viendra le juge suprême, ce juge qui est déjà
sur la porte :

Ecce judex ante januam assistit (3).

(1) Job, c. xvi, v. 20.
(2) Job, c. xxi, v. 30.
(3) *Ep. de S. Jacques*, c. 5, v. 9.

Supportez donc vaillamment vos épreu-
ves, ceignez vos reins, comme dans la
veillée des armes, et, *couverts de la divine
armure (1), allez combattre les combats du
Seigneur (2)*.

Le prix vous attend au bout de la lice ,
et les couronnes qui orneront les fronts
des vainqueurs se tressent déjà dans la patrie céleste.

DES HÉROS DE LA TERREUR.

Une école a voulu tailler en géants les
héros de la Terreur. A entendre les adeptes,

(1) *S. Paul aux Eph.* c. vi, v. 11,
(2) 1re Ep. *S. Paul à Tim.* c. vi, v. 12.

la terre a revu des demi-dieux ; il ne leur
a manqué qu'un Homère :

Carent quià vate sacro (1).

Il faut s'entendre. La perversité ne peut
cependant tenir lieu de génie. L'histoire
ne laissera pas debout cette hideuse idole
à laquelle on veut élever un piédestal de
victimes.

Ainsi, Néron prétendait se faire un tro-
phée de ses crimes, et croyait déployer sa
puissance et trouver une sorte de majesté
royale dans le meurtre même :

*Ut magnitudinem imperatoriam cæde
insignium virorum, quasi regio facinore,
ostentaret* (2).

Que les demeurants d'un passé néfaste
en prennent leur parti. La postérité ne re-
connaîtra pas à leurs divinités cette grandeur sinistre qu'ils revendiquent pour

(1) Horace. *Odes*. lib. iv, 9.
(2) Tacite. *Annales*, lib. xvi, xxiii.

elles : elle leur refusera même le sceptre de cet abîme sur lequel ils voudraient les faire régner.

Qu'ont-ils fait, après tout, ces puissants génies pour lesquels on demande des autels ?

Ils ont attisé les aveugles colères du peuple, déchaîné les tempêtes, armé le bras des bourreaux.

Mais le difficile n'est pas de démuseler le lion, un enfant y suffirait, c'est de le museler.

Le signe éclatant de la puissance, la pierre de touche de la souveraineté, ce n'est pas d'ordonner le crime, mais de le prévenir.

DE LA LIBERTÉ MORALE DE L'HOMME.

L'âme est attirée vers l'infini par une sorte de gravitation, comme le corps est sollicité par ses affinités terrestres.

Ce sont deux pressions qui s'exercent en sens opposé.

L'homme semble placé au point d'intersection de deux forces, de deux courants contraires : indivisible et géminé tout ensemble, son être a deux pôles, il oscille entre deux impulsions, c'est le dualisme dans une incompréhensible unité.

Quelle sera la puissance victorieuse ? qui l'emportera de la terre ou du ciel ? Là est le problème de notre destinée, l'épouvantable mystère de notre être.

C'est le grand spectacle qui rend le ciel et l'abîme attentifs et comme saisis de respect.

Voyez : le monde invisible est dans l'attente, l'homme se lève : il va exercer dans toute sa plénitude sa redoutable prérogative ; il va choisir entre la vie ou la mort, maître absolu de se perdre ou de se sauver.

Comme les flots soulevés de l'Océan viennent mourir sur la rive immobile, ainsi aux pieds de cette souveraineté de l'homme semble expirer la puissance divine.

Eh ! pourrions-nous en douter lorsque nous voyons le Sauveur lui-même incliner tristement sa volonté devant celle de la cité Déicide, et s'écrier, en rendant ainsi un irrécusable témoignage à cette fatale grandeur de la liberté humaine :

Jérusalem, Jérusalem, qui tues les prophètes et lapides ceux qui te sont envoyés, combien de fois ai-je voulu rassembler tes enfants, comme une poule rassemble ses petits sous ses ailes, et tu ne l'as pas voulu (1) ?

PARALLÈLE ENTRE LE PROTESTANTISME
ET LE CATHOLICISME.

Le Protestantisme ne semble pas fait pour les masses qui ont besoin de discipline et de foi ; il ne peut guère convenir qu'à des natures austères, à des intelligences cultivées et sereines, mais froides et méthodiques ; à des familles qui aiment à s'isoler au milieu des autres et à se replier sur elles-mêmes dans le mystère et le recueillement du foyer ; à des peuples

(1) *Evangile de S. Matthieu*, xxiii, 37.

insulaires ou exclusifs, doués d'un esprit
positif et pratique, mais ayant le culte de la
formule et la superstition de la lettre, or-
donnés dans leurs mœurs comme dans
leurs lois, mais dédaigneux de l'idéal,
épris des intérêts matériels, voyant dans
le patriotisme moins une religion que le
faisceau de tous les égoïsmes, ombrageux
comme des sectaires, intolérants comme
les minorités ou les partis, se mêlant aux
autres nations, mais sans se confondre
jamais avec elles, faisant du prosélytisme
par calcul, suppléant à l'enthousiasme
par le sentiment exalté de la personnalité, à l'héroïsme par la notion raisonnée
du devoir; avares de dévoûment et d'abnégation, mais inaccessibles aux séduc-
tions comme aux défaillances.

Le Catholicisme a plus de rayonnement
et d'expansion; son génie sympathique
s'assimile toutes les natures, féconde les
races diverses, s'épanouit dans tous les

climats ; ouvrant ses bras à la grande famille humaine, mettant toutes ses com-
plaisances dans ceux qui souffrent, plein
d'une tendresse de mère pour les malheureux, il attire les esprits supérieurs
par l'élévation de sa doctrine et la profon-
deur de ses dogmes, ne rejetant pas les
simples, *Deus non projiciet simplicem* (1) ;
ayant avec tous les cœurs de secrètes affinités et de mystérieuses harmonies ; ne
proscrivant ni les biens périssables ni les
mobiles humains, mais les subordonnant
aux intérêts éternels ; passionnant les
âmes pour l'infini ; ouvrant à la pensée
des horizons sans bornes ; exaltant par
les mystères et les rites sacrés de son
culte le sentiment auguste de la dignité
humaine ; ne plaçant le droit qu'après
le devoir, montrant partout le type divin
de la hiérarchie dans l'unité, et de l'a-

(1) *Job*, viii, 20.

mour dans l'obéissance ; symbole enfin et image visible de la cité céleste, que, malgré les imperfections de notre nature, il réalise presque sur la terre.

AUTRE VUE SUR LE MÊME SUJET.

Le Protestantisme n'est qu'une dérivation du Catholicisme, ou c'est la glorification de la raison humaine et l'affirmation de sa souveraineté.

Dans le premier cas, sa nouveauté dépose contre lui; il est d'hier, et le Catholicisme peut lui dire comme Thémistocle à ce capitaine athénien envieux de sa gloire :

Si je n'avais pas été, vous ne seriez pas (1).

Dans le second cas, il répudie sa filiation divine, il prend sur la terre son point d'attache et enferme dans le temps le cycle de sa durée.

Dans cette voie, il n'a plus devant lui que la confusion et l'émiettement des sectes, l'adultération des symboles, la dégradation de la doctrine, la perversion de la tradition et des mœurs et cette satanique infatuation de l'orgueil humain qui rappelle l'égarement des jours de Babel, et qui sera frappé de la même réprobation et d'un égal châtiment.

(1) Plutarque. *Vie de Thémistocle.*

DE QUELQUES SIGNES DES TEMPS.

Le déclin des nations se trahit par divers symptômes.

Si, à tous les degrés de l'échelle sociale, vous voyez s'affaiblir la subordination et le respect ; l'envie infiltrer partout ses poisons, le sens des traditions perverti, le caprice et la mobilité se substituant à la stabilité et à la règle ; les esprits amoureux des nouveautés, affolés des chimères, haletant après l'inconnu, passant tour-à-tour de l'exaltation à la torpeur et d'une inquiétude fiévreuse à une prostration sénile ; le peuple abusé tantôt se lever en frémissant à la voix de ses tribuns, tantôt affamé d'obéissance, *se précipiter dans la servitude* (1); la religion déshéritée de son divin prestige, n'être plus pour les grands que le sel qui conserve leurs richesses et pour les masses qu'une pompe fastueuse et vaine, éclatant linceul d'un passé enfoui; *les vérités morales diminuées*, les savants, penchés sur la matière, perdre de vue le monde invisible ; la gloire, les lettres, le culte immortel du beau cessant de passionner les âmes devenues idolâtres de l'or et des sens ; le goût se dépraver à son tour, les caractères sans ressort ; des institutions artificielles et sans racines dans le sol, une société friable et prête à tomber en poussière, désagrégée jusque dans ses profondeurs par la dissolvante action de ses lois ; les mœurs publiques enfin se dégrader et se flétrir, la famille elle-même profanée dans son sanctuaire et les géné-

(1) Tacite, *Annales*, lib. i, 7.

rations corrompues et viciées dans leur
source :

> Fecunda culpæ sæcula nuptias
> Primum inquinavere, et genus et domos;
> Hoc fonte derivata clades
> In patriam populumque fluxit (1).

Si, dis-je, vous êtes témoin de ces si-
gnes, si les esprits sont dans l'attente, et
s'ils tressaillent comme agités par de
secrets pressentiments, croyez que la décadence est proche, et la décadence c'est
presque la mort :

*Quod autem antiquatur et senescit, prope
interitum est* (2).

Sans doute, cette agonie a ses intermit-
tences ; il peut se rencontrer un de ces
génies privilégiés, un de ces hommes sau-
veurs que l'antiquité appelait Auguste ou

______

(1) Horace. *Odes*, lib. III, 6.
(2) *S. Paul aux Héb*. VIII, 13.

Marc-Aurèle, que notre temps a revus
peut-être, et qui font bénir leurs noms par
l'histoire ; les jours de l'âge d'or semblent
renaître avec eux ; mais la force des cho-
ses reprend bientôt son empire, la malédiction suspendue redescend sur les races
coupables, et quand l'heure marquée par
la Providence a sonné, quand les temps
sont accomplis, les peuples condamnés
expirent dans les convulsions alternatives
du despotisme et de l'anarchie.

SUR LE MÊME SUJET.

Nous sommes bien loin des temps où
Philippe disait à son fils, à cet Alexandre
devant lequel allait se taire l'univers,

siluit terra in conspectu ejus (1).

N'as-tu pas honte de chanter si bien (2)?

Aujourd'hui, pris d'une sorte de vertige, les peuples n'ont d'adorations que pour les artistes, de couronnes que pour les héros de théâtre; les multitudes dégénérées, au lieu de baiser les pieds de ces hommes dont elles ne sont pas dignes et qui leur apportent l'Évangile de paix :

Evangelisantium pacem (3),

se prosternent devant les danseuses, et les grands de l'État ne rougissent pas de s'atteler à leur char.

Bientôt, sans doute, on verra les patriciens descendre eux-mêmes sur la scène et rappeler l'abjection des jours de Néron, la dégradation de ces nobles familles dont, par un reste de pitié, Tacite n'osait livrer les noms à l'histoire :

(1) *Macchabées*, lib. 1, c. 1, v. 3.
(2) Plutarque, *Vie de Périclès*, 1.
(3) S. Paul, *Rom.* x, 15.

Ratusque dedecus molliri, si plures fœdas-
set, nobilium familiarum posteros egestate
venales, in scenam adduxit : quos, fato per-
functos, ne nominatim tradam, majoribus
eorum tribuendum puto (1).

SUR L'ESPACE ET LE TEMPS.

Le temps est à la durée ce que le lieu
est à l'étendue ; tous deux ne sont qu'un
point dans l'immensité et n'éveillent que
l'idée du fini.

Le terme opposé est dans cet être infini qui ne connaît ni la succession ni la
mesure, qui, présent à tous les âges et à
tous les lieux, n'a de patrie ni dans le temps

(2) Tacite, *Annales*, lib. xiv, 14.

ni dans l'espace, embrasse les siècles d'un regard comme les plans divers d'un immense horizon, et dont la prescience n'est pas plus merveilleuse que son ubiquité.

Fait à l'image de Dieu, l'homme, malgré sa déchéance a gardé quelques traits effacés du type divin, quelques reflets de la splendeur infinie ; de là ses affinités pour l'idéal, ses aspirations vers le monde invisible ; il voudrait s'élancer dans les champs de l'avenir, en sonder les mystérieux abîmes, sortir enfin du temps et de l'espace, comme dans ces ravissements de l'esprit qu'attestent les traditions sacrées, et où, libres de leurs liens mortels, planant sur les âges futurs, les prophètes voyaient se rompre devant eux les sceaux du livre de vie.

C'est que l'homme sait bien qu'elles doivent tomber un jour, ces chaînes qui assujétissent sa noble nature, il sait qu'alors il ressaisira la plénitude de son être,

et que, dégagé de ses langes terrestres,
affranchi des attaches du temps,

Tempus non erit amplius (1),

il prendra enfin son essor vers les régions
de l'infini, *montera sur les montagnes du
Seigneur* (2), et franchira à son tour *le
seuil des portes éternelles* :

Elevamini portæ æternales (3) !

AUX SAVANTS.

Hommes de science! tout ce qui échappe
à votre analyse, tout ce que ne mesure pas

(1) *Apocalypse de S. Jean*, x, 6.
(2) Ps. xxiii, v. 3.
(3) Ps. xxiii, v. 7.

votre compas, vous le traitez de chimère, vous souriez quand on vous parle du monde invisible, oubliant que ce monde est à la nature ce que l'âme est au corps, et bien différents de Moïse, qui ne puisait que là son inspiration et sa force :

Invisibilem enim tanquam videns sustinuit (1).

Ah! la science vous enfle le cœur, *scientia inflat* (2), comme dit l'Apôtre ; mais le plus grand d'entre vous n'est cependant pas l'un des sept qui sont devant le Seigneur.

La nature vous a livré quelques-uns de ses secrets, mais n'a-t-elle plus d'énigmes pour vous? Avez-vous dégagé tous les inconnus? Le Dieu *qui a étendu les cieux* n'est-il plus à vos yeux le Dieu caché, *vere Deus absconditus* (3)?

(1) *S. Paul aux Héb.* xi, 27.
(2) 1ʳᵉ *Ep. de S. Paul aux Cor.* viii, 1.
(3) *Isaïe*, xlv, v. 12 et 15.

Pâles et consumant vos nuits dans les veilles, vous vous illustrez par d'admirables travaux, vous reculez les bornes de la science ; comme des enchanteurs magiques, vous suscitez des agents merveilleux, toutes les forces de la nature semblent obéir à vos lois, mais qu'attendez-vous de ce monde matériel ? il ne connaît pas son auteur.

Vous avez ouvert des voies nouvelles à la physiologie, vos explorations anatomiques sont une des gloires de ce temps ; mais vous fouillez en vain les replis de l'encéphale, vous ne pénétrerez pas le mystère de la pensée.

Ce corps que vous scrutez avec tant d'ardeur, n'est qu'un fantôme.

Elevez plus haut vos pensées, *quæ sursum sunt quærite* (1) ; rappelez-vous ces sublimes paroles que Socrate mourant lais-

____

(1) *S. Paul aux Col.*, III, 1.

suit comme un adieu à ses amis éplorés :
Ne me confondez pas avec mon cadavre.

SUR LA MORT.

Nous sommes ingrats envers la mort. Dès qu'elle paraît sur notre seuil, nous nous rejetons en arrière, nous trouvons presque de la douceur à nos maux, et nous ne leur demandons plus que de ne pas finir.

Cette main glacée que nous repoussons nous apporte cependant des présents.

Son livide aspect désarme la haine, apaise la hideuse envie ; le génie méconnu resplendit sous sa froide étreinte, comme le diamant dont le lapidaire fait étinceler les feux ; et sur ce cercueil qu'elle entr'ou-

vre devant nous et dont la vue trouble nos
faibles courages, des larmes pieuses vont
couler, d'augustes bénédictions vont descendre, et déjà notre regard consolé peut
voir blanchir dans le lointain l'aube de
cette éternelle justice qui ne se lève que
sur les tombeaux.

UN RAPPROCHEMENT HISTORIQUE.

Il n'y a rien de nouveau sous le soleil.

On s'est étonné, comme d'une chose
inouïe, de voir le gouvernement présenter
franchement ses candidats pour les corps
électifs aux suffrages du pays.

Cette conduite avait cependant des pré-
cédents dans l'histoire. On n'avait, pour
s'en convaincre, qu'à reporter sa pensée à

une époque qui n'est pas sans analogie avec la nôtre, qu'à interroger les annales de l'ancienne Rome sous la dictature de César.

Voici quel était le mode d'élection pratiqué alors pour la moitié des magistratures, *pro parte dimidia*.

Le dictateur désignait ouvertement ses candidats par ce message laconique, *scriptura brevi*, qu'il adressait à toutes les tribus :

Cæsar dictator illi tribui :

Commendo vobis illum et illum ut vestro suffragio suam dignitatem teneant (1).

C'était, comme on le voit, une lettre de change tirée sur le peuple-roi par le vainqueur de Pharsale ; et, fidèle à la loi de partage acceptée entr'eux, *comitia cum populo partitus est* (2), le peuple faisait

(1) Suétone, *Jules César*, XLI.
(2) Suétone, *loco citato*.

toujours honneur à la signature de César.

Il me semble que nous sommes traités avec plus de déférence et d'égards.

On ne désigne pas, on propose ; il n'y a aujourd'hui ni pacte ni intimation tacite ; le pouvoir ne donne qu'un conseil quelquefois dédaigné.

Et cependant la France est un empire ; ses institutions, s'inspirant de la tradition et des mœurs, y consacrent dans toute sa plénitude le dogme de l'autorité : la majesté souveraine y est revêtue d'un caractère auguste et entourée des hommages des peuples ; tandis qu'à l'époque dont nous venons de rappeler le souvenir, les formes républicaines étaient restées debout, et la puissance tribunitienne, ce palladium des factions, altière encore et redoutée, ne s'inclinait pas devant César (1).

(1) Le Dictateur, dans un de ses triomphes, passant devant les siéges des tribuns , Pontius

AUX MAUVAIS RICHES.

Si vous voyez d'un œil sec couler les larmes du malheureux, *si vous dévorez sans pitié les maisons des veuves*, si votre seuil inhospitalier se ferme à l'indigent, si celui qui souffre ne cherche pas votre main, si aucune bouche ne bénit votre nom, si les mères ne vous suivent jamais

Aquila, l'un d'eux, ne se leva pas devant lui (1).

Un autre jour, un citoyen étant allé poser un diadème sur sa statue, les tribuns Epidius Marullus et Césétius Flavus firent enlever le diadème et conduire cet homme en prison (2).

(1) Suétone, JULES CÉSAR, LXXVIII.
(2) Le même, LOCO CITATO, LXXIX.

d'un regard attendri comme leur Providence terrestre, si aucun orphelin ne vous sourit comme à son ange sauveur, si enfin votre cœur est insensible à ces effusions de l'amour divin promises à celui qui donne avec joie :

Hilarem enim datorem diligit Deus (1).

Rappelez-vous ces paroles de la malédiction : vos richesses ne sont qu'une corruption, ce sont des trésors de colère amassés pour le dernier jour :

Divitiæ vestræ putrefactæ sunt.
Thesaurizastis vobis iram in novissimis diebus (2).

Songez que l'heure viendra où il faudra dire à la pourriture, vous êtes ma sœur :

Putredini dixi… soror mea (3)… et que ces biens qui vous sont si chers, ne vous suivront pas dans la nuit du tombeau :

(1) 2ᵉ Ep. *S. Paul aux Cor.* ix, 7.
(2) *S. Jacques*, v. 2 et 3.
(3) *Job*, xvii, 14.

4

Dives cum dormierit, nihil secum auferet (1).

Alors le cri des victimes que votre soif de l'or aura faites s'élèvera contre vous au tribunal du Dieu vivant, et vous tomberez sans défense dans ses mains redoutables :

Horrendum est incidere in manus Dei viventis (2).

UN CONSEIL AUX SOUVERAINS.

Les souverains doivent un peu suivre la tactique de la beauté. Se refuse-t-elle, l'amour s'enflamme et s'exalte ; mais si elle s'impose, il est prêt à fuir.

(1) *Job*, xxvii, 19.
(2) *S. Paul aux Héb.* x, 31.

Après la révolution de février, le roi Léopold laissa paraître un grand détachement du pouvoir et se montra tout disposé à résigner la couronne.

Les Belges n'eurent garde de le prendre au mot, et depuis il n'y a pas eu de monarque plus aimé de ses peuples.

En 1850, au banquet que lui offrait la ville de Lyon, Louis-Napoléon se mit noblement aux ordres de son pays, s'oubliant lui-même dans un langage magnanime dont le monde se souvient encore, et où l'héritier d'un héros se montrait également prêt à l'*abnégation* ou à la *persévérance*.

On sait le reste, moins de deux années s'étaient écoulées, et huit millions de suffrages l'acclamaient comme un libérateur, et bientôt nos mains posaient à l'envi sur sa tête un diadème qui vaut bien celui des siècles.

Les peuples sont comme les amants.

Le secret de l'art de régner est aussi le secret de plaire, et le cœur ne s'attache avec passion qu'au bonheur qu'il craint de perdre et dont on le laisse douter.

UNE ILLUSION DES ANALYSTES.

La science est bien fière de ses découvertes. Elle croit planer sur tous les horizons, plonger dans toutes les profondeurs, mesurer tous les abîmes.

Déplorable infatuation ! cet esprit d'analyse dont elle s'arme comme d'un talisman, peut être un instrument merveilleux dans le domaine de l'observation, mais c'est un levier impuissant pour soulever le monde moral.

Prétendre tout soumettre au *criterium*

de l'expérience et de la raison humaine, c'est oublier que toute force a son frein dans la création, que l'Océan même a ses limites, que les intelligences ont leurs orbites comme les sphères, et qu'elles ne peuvent les franchir sans troubler l'ordre général; que le monde matériel seul nous a été livré, et que tout ce que nous savons de l'autre, nous ne le savons que par la révélation ou par la tradition qui n'est qu'une révélation altérée ; que toute pensée initiatrice est une intuition, un éclair qui vient illuminer le front du génie ; que toutes les grandes synthèses comme les langues, les institutions, les souverainetés, sont d'œuvre divine, et que la science est aussi impuissante à en reconstituer les systèmes détruits ou à en relier les éléments épars, qu'à surprendre le secret de leur végétation mystérieuse et de leur formation invisible.

Aux pâles clartés de l'analyse, l'homme

se traîne sur les chemins désolés du doute, et n'arrive qu'à ces régions glacées qu'enveloppe l'ombre de la mort ; la synthèse est la colonne lumineuse qui le précède et le guide vers les hauteurs de la Foi ; c'est le manteau d'Elie que le ciel, en retirant les Prophètes, a laissé à la terre attristée.

Ah ! que la science humaine ne s'exalte pas dans ses vains triomphes !

Quand le matérialisme qu'elle porte dans les plis de sa robe magistrale, et qu'elle secoue à pleines mains sur les générations abusées, aura desséché ce qui reste de vie et de foi dans les âmes, quand les froides élaborations de l'analyse auront partout remplacé les divinations de la synthèse, quand l'inspiration se sera retirée des cœurs et aura vu éteindre son dernier foyer, alors la nuit se fera sur le monde, le chaos envahira les intelligences perverties, et l'Esprit de l'abîme, debout

sur les ruines des autels détruits, ivre de
dérision et de blasphème, fera entendre
à son tour le cri du Golgotha :
Tout est consommé !

SUR L'ADVERSITÉ.

L'homme ne connaît pas ses voies. Il
se plaint que ses jours soient mauvais,
Dies mali sunt (1); il s'irrite contre l'adversité et maudit les rudes labeurs qu'elle
impose, sans songer que sa noble nature,
toute couverte encore des stigmates de
la déchéance, est comme la terre dégéné-
rée qui ne peut livrer ses trésors qu'après
avoir vu déchirer son sein.

(1) Ep. de *S. Paul. aux Eph.* v, 16.

On l'a dit, l'adversité est la grande école, c'est le creuset où l'or s'épure, le berceau des plus beaux génies, le baptême de feu qui fait les héros.

Elle sacre les fronts qu'elle a touchés, elle transfigure les mortels qu'elle a marqués de son sceau. Comme le tombeau, elle reçoit la dépouille du vieil homme et le revêt en échange d'une robe de lumière :

Seminatur corpus animale, surget corpus spiritale (1).

Par une admirable loi de la nature, la destruction provoque partout les réactions désespérées de la vie, la sève épuisée se ranime sous le tranchant du fer, et les fléaux eux-mêmes, en décimant les générations, semblent exalter leur fécondité ; ainsi l'âme se retrempe dans la douleur, l'orage l'incline sans la briser, et, glorieuse

(1) 1re Ep. S. *Paul aux Cor.* xv. 44.

de ses blessures, elle trouve dans la lutte même la révélation de sa grandeur.

Aux prises avec l'infortune, l'homme atteint les hauteurs de la vertu. Il prend l'épée de l'esprit, *gladium spiritus* (1), et inaccessible à ces défaillances que le fort ne connait pas, s'il tombe, il combat encore à genoux, *sed etiamsi occiderit, de genu pugnat* (2), montrant au ciel attentif et ravi le plus grand spectacle que la terre puisse lui donner :

Ecce spectaculum dignum ad quod respiciat intentus operi suo Deus; ecce par Deo dignum, vis fortis cum mala fortuna compositus (3).

Ainsi, sous la sanglante oppression de Néron, Thraséas inébranlable ne prenait conseil que de la vertu et du devoir, et,

(1) Ep. de S. Paul. aux *Eph.* VI, 17.
(2) Sénèque, *de Prov.* II.
(3) Sénèque, *loco citato.*

comme pour consoler de l'abjection de ces temps malheureux, l'histoire nous fait voir cet homme héroïque élevant sa voix en faveur des proscrits, et, dédaigneux de la mort, ne songeant qu'à être digne de lui-même et à ne pas démentir sa gloire :

Sueta firmitudine animi, et ne gloria intercideret (1).

Cessons donc de conjurer l'adversité comme un ennemi ; d'ennemi, nous n'avons que le vice.

Ce bonheur que nous poursuivons de nos vœux haletants, nous n'en sommes pas déshérités, il est au dedans de nous-mêmes ; ce que nous prenons pour lui n'est qu'un fantôme, c'est le plus souvent l'apanage des âmes vulgaires :

Prospera in vitia ingenia deveniunt (2) ;

Présent funeste, signe avant-coureur du déclin des races et des nations.

(1) Tacite, *Annales*, liv. xiv, 49.
(2) Sénèque, *de Prov.*, iv.

Au sein de ces délices enviées, de ces molles voluptés d'un fastueux repos, l'homme s'énerve et se flétrit, ses facultés s'engourdissent :

Secundæ res sapientium animos fatigant (1) ;

son corps appesanti s'affaisse vers la terre ; on dirait qu'un vent délétère souffle autour de lui la stérilité et la mort.

Ah ! c'est qu'on ne transgresse pas en vain cette loi d'expiation qui pèse sur le monde et atteste la dégradation primitive; expiation par le travail et la douleur, par la prière et les larmes ; sur cette terre désolée, rien qui ne soit le prix de nos sueurs, quelquefois le prix du sang ; la rançon est partout : dans les fastes sacrés ou profanes, dans la légende comme dans l'histoire, partout des autels et des victimes, partout le sacrifice apparaît.

(1) Salluste, *Catilina*, xi.

Déchéance et rédemption ! voilà le nœud des destinées de l'humanité, la la *pierre de l'angle* sur laquelle est édifié le monde moral.

Dogme consolant et révélateur ! je te salue comme l'aube radieuse qui dissipe les ténèbres, comme le phare sauveur qui brille dans la nuit et signale le port aux navigateurs.

SUR LE MÊME SUJET.

L'adversité dénoue le bandeau qui couvre nos yeux mortels ; elle effeuille à nos pieds nos illusions, et, nous détournant de la terre, elle nous montre le ciel à travers nos larmes.

UNE IMAGE DE LA VIE.

La vie est comme un champ de combat sur lequel les générations forment des lignes de bataille en face de la mort.

Dans ces cadres funèbres, nous sommes placés entre nos pères et nos enfants. Les pères essuient le feu les premiers, demain verra tomber les fils.

Teints du sang de ceux qui sont frappés, les survivants leur donnent des larmes en silence, ils creusent pieusement leur fosse que le ministre de Dieu vient bénir ; puis les vides se comblent, les rangs se resserrent et l'on fait de nouveau face à l'ennemi.

D'UN EXCÈS DE DÉGRADATION.

Le dernier terme de la dégradation est d'en perdre le sentiment.

Alors, déshérité de la conscience, l'homme avili se plonge dans les profondeurs de l'abjection et savoure à longs traits sa propre infamie. On ne peut le voir sans être saisi d'une inexprimable tristesse, car cet insensé paraît heureux.

Ainsi, ces infortunés qui languissent au milieu d'exhalaisons délétères, privés des fécondes aspirations d'un air libre et pur, s'attachent aux fanges infectes qui font leur demeure, et, saturés d'effluves morbides, baignés par une atmosphère immonde, ils s'acclimatent sans regret dans la corruption.

INVARIABLE PROCÉDÉ DES RÉVOLUTIONS.

Les révolutions, même heureuses, sont presque toujours l'œuvre des partis.

Le suffrage du pays vient après, et, sauf d'illustres exceptions que l'effacement des mœurs tend à rendre de plus en plus rares, il ne tient guère rigueur au succès :

Sed, quod in seditionibus accidit, unde plures erant, omnes fuere (1).

Dès le lendemain, la conversion est complète ; avec une docilité merveilleuse , tout le monde se range du côté du vainqueur.

C'est à qui aura eu sa part dans le péril,

(1) Tacite, *Hist.*, liv. i, LVI.

quelquefois dans le crime. On jure à l'envi
d'avoir sauvé la patrie.

Mais l'histoire ne prend pas si aisément
le change. Elle ne croit pas volontiers à
ces nations qui se lèvent comme un seul
homme pour venger les lois violées et briser les chaînes de l'oppression.

L'histoire est une Muse austère qu'on
ne séduit pas avec des phrases de tribun
ou des harangues fastueuses.

Pieusement assise sur des tombeaux,
elle se recueille et attend que les passions aient fait silence autour d'eux.

Puis, quand l'auguste vérité a parlé par
sa bouche, il se trouve qu'au lieu d'une
nation armée et debout pour la défense
de ses droits outragés, il n'y avait qu'une
poignée de factieux conspirant dans l'ombre et organisant la sédition et le crime ;
il se trouve que l'oppresseur détesté était
un monarque débonnaire, un sage cou-
ronné, qui régnait paternellement sur ses

peuples, et dont le seul forfait avait été de ne pas se souvenir que la répression des méchants était son premier devoir ; car, suivant la grande parole de l'Apôtre, ce n'est pas en vain que le souverain porte le glaive :

Non enim sine causa gladium portat (1).

Les apôtres de la secte humanitaire, qui ont la modeste prétention de conduire le monde à une phase de civilisation supérieure, ont imaginé, sans doute pour accélérer l'avènement du règne *harmonien*, de perfectionner l'art des révolutions.

Des agitateurs célèbres ont même exposé sur ce sujet une théorie doctrinale, et formulé une tactique savante.

A leur suite, nous avons eu des professeurs de barricades, qui ont vulgarisé

(1) Ep. de S. *Paul aux Rom.* xiii, 4.

les leçons des maîtres et nous ont donné des manuels de l'insurrection.

S'il faut dire notre pensée, les coryphées de l'émeute n'ont pas justifié leurs hautes visées, et ont trompé l'attente des adeptes.

A part quelques détails d'exécution qui ne tiennent qu'à la partie matérielle de l'art, leur détestable génie n'a pas sensiblement innové dans les procédés de subversion; la science de la rébellion nous paraît être restée stationnaire.

Aujourd'hui, comme dans l'anciénne Rome, il faut aux partis un homme ou un drapeau pour passionner les multitudes et égarer les esprits.

Quand l'un ou l'autre est trouvé, les meneurs donnent le signal de la lutte, quelques hommes déterminés l'engagent, les mécontents connivent avec eux, et, complices aussi par leur inertie, les autres laissent faire sans obstacle : *Isque habitus animorum fuit, ut pessimum fas-*

*cinus auderent pauci , plures vellent ,
omnes paterentur* (1).

SUR LA RECONNAISSANCE.

Est-il vrai que la reconnaissance soit
un fardeau trop lourd à porter pour les
débiles humains, et que les plus magna-
nimes chancellent eux-mêmes sous son
poids?

En semant les bienfaits, faut-il donc
s'attendre à ne moissonner que la haine?

Pro gratia odium redditur (2).

Au lieu d'être saluée et bénie , l'image
du bienfaiteur se dresse-t-elle comme un

(1) Tacite, *Hist*. liv. i. xxviii.
(2) Tacite, *Annales*. liv. iv, xviii.

remords devant l'obligé, et comme cet esprit qui passait dans la vision d'Eliphaz, porte-t-elle le trouble et le frisson dans sa chair ?

Et cum spiritus me præsente transiret, inhorruerunt pili carnis meæ (1).

Non, loin de moi cette pensée impie. C'est blasphémer contre le Créateur que d'outrager l'être qui porte sa divine empreinte.

Laissez-moi croire avec Abd-el-Kader que *les bienfaits sont un lien passé au cou des gens de cœur.*

SUR LA MODÉRATION.

La modération dans les désirs est l'éco-

(1) *Job*, iv, 15.

nomie du bonheur. Le désir est une indigence, et l'opulence même est pauvre
avec lui :

> . . . . *multa petentibus*
> *Desunt multa.* . . . .
> *Magnas inter opes inops* (1).

La muse n'est ici que l'écho de Zénon
et d'Epictète. S'exprimant sur la corde
grave de la lyre, elle s'inspire de cette
admirable règle de la sagesse antique :
Sustine et abstine, souffre et abstiens-toi.

Précepte sublime où le stoïcisme semble le précurseur des commandements divins, et où l'on croit sentir palpiter le
souffle chrétien, comme ces haleines
embaumées qu'on respire sur les mers
lointaines, et qui révèlent au navigateur
l'approche d'une terre fortunée.

(1) *Horace*, liv. III, Ode XVI.

SUR L'UNIVERSEL.

Nous portons en nous-mêmes le type immuable du beau, du vrai et du bien. C'est comme un moule immortel dont nous retrouvons l'empreinte sur les objets extérieurs, un foyer dont nous entrevoyons çà et là les reflets épars.

Augustes vestiges de notre grandeur primitive, ces attributs divins sont une émanation de l'essence souveraine qui seule en a la plénitude. La nature n'en présente que des traits altérés.

Le visible n'est que l'ombre et l'image effacée de l'invisible :

Ut ex invisibilibus visibilia fierent (1).

(1) Ep. de *S. Paul aux Héb.*, xi, 3.

C'est dans cet invisible si dédaigné de nos jours, dans ce monde typique , si l'on peut s'exprimer ainsi, qu'est la racine de tout ce qui existe. C'est là qu'est le point d'attache, la source éternelle, le principe générateur. Nos yeux ne voient que des figures.

Mais ce n'est que par la synthèse, c'est-à-dire par *l'universel*, pour parler comme les théologiens du moyen âge , qu'on s'élève à la contemplation de ces vérités supérieures.

La conception de *l'universel* constitue la plus haute évolution de la pensée. Elle est l'exercice de cette faculté de généraliser qui marque la limite entre l'instinct et l'intelligence.

En présence de la forme, l'animal n'a pas l'idée de la beauté ; il voit ce qui est multiple, sans avoir la notion du nombre ; ce qui est ordonné sans avoir celle de l'harmonie.

L'intelligence seule pénètre dans ces pures régions où l'*universel* réside.

Planant au dessus des êtres, elle en découvre les secrets rapports, elle cherche l'accord entre le type et l'image, entre l'abstrait et le réel, et en formule l'admirable équation.

Mais cette faculté de généraliser n'est pas départie au même degré à toutes les intelligences. On peut dire qu'elle fixe leurs rangs et en règle la hiérarchie.

Portée à sa plus haute puissance, elle s'appelle le génie.

A MES AMIS.

O mes amis ! nous l'avons dit bien souvent avec notre poëte aimé : il faudra descendre dans la nuit éternelle , il faudra fouler une fois le chemin de la mort :

> Sed omnes una manet nox
> Et calcanda semel via leti (1).

Ce lit de douleur sur lequel nos pères sont étendus, un jour nous y serons couchés nous-mêmes ; ces larmes que nous versons sur eux, ces pieuses effusions de l'amour filial, ces touchantes prières de la religion, on nous les prodiguera à notre tour ; ces pardons , ces bénédictions suprêmes dont les mourants nous couvrent, nous les ferons descendre aussi sur nos enfants éplorés ; ce chevet d'agonie que nous entourons , bientôt peut-être nous inclinerons sur lui notre tête défaillante, nous chercherons des yeux ceux qui nous sont chers, nous leur tendrons tristement une main convulsive ; pâles et déjà glacés par la mort , nous nous soulèverons à

(1) *Horace* , liv. 1, ode XXVIII.

5

demi sur notre couche funèbre pour recevoir les derniers embrassements, les déchirants adieux d'une famille en pleurs ; les sanglots des serviteurs retentiront jusqu'à nos oreilles ; et au moment de nous séparer de ceux que nous aimons, nous leur dirons aussi d'une voix éteinte :

Retenez ces larmes, vous ne nous perdez pas, nous vous précédons : *Quid fata deflemus ? non reliquit ille nos, sed antecessit* (1).

Ainsi les générations s'effeuillent aux pieds du Dieu éternel ; les rameaux sont séparés du tronc, le tronc est frappé lui-même ; puis le faisceau brisé se reforme ailleurs, et on se rejoint sur la rive immortelle.

(1) Sénèque, *Cons. à Polybe*, xxvIII.

SUR LES MONTAGNES.

La nature revêt sur les montagnes des formes augustes, et y prend un caractère sublime.

La parole est impuissante à peindre l'imposant spectacle qui se déroule aux regards du haut de leurs faîtes élevés.

Ces lacs qui étincellent dans les profondeurs comme l'écrin de ces solitudes ; ces nuages errants qui les traversent en jetant une ombre moirée sur leurs eaux ; ces sombres forêts qui les entourent, écharpe ondoyante suspendue autour d'eux ; ces sommets altiers qui se perdent dans les nues, couverts comme d'un manteau d'hermine de leurs glaciers éternels ; ces pics déchirés que l'aigle seul visite ; ces vagues lointains, ces profils indécis d'un horizon sans bornes ; la morne immensité des Cieux, cette immobilité presque absolue qui vous environne, ce silence solennel qui règne dans l'étendue et qu'interrompent seuls de loin en loin les grondements de la foudre ou les sourds roulements de l'avalanche ; tout est plein de grandeur et de majesté, tout plonge l'âme dans un saisissement mêlé d'adoration, dans une contemplation qui touche à l'extase.

Il y a dans ces régions supérieures je ne sais quelle empreinte visible de la divinité ; comme sur les cimes de l'Horeb on sent qu'on foule une terre sacrée :

Locus enim in quo stas, terra sancta est (1).

La puissance du génie du mal y expire,

(1) *Exode*, III, 5.

les images périssables s'effacent, les passions s'apaisent, tout respire sur ces hauts
lieux la sérénité et la paix :

Pacem summa tenent (1).

Parfois on dirait que l'air est agité de
frémissement mystérieux, l'oreille ravie
croit entendre comme un écho lointain de
l'ineffable harmonie des sphères ; mélodie
voilée, vagues accords échappés peut-être
aux concerts célestes ; la pensée s'exalte,
l'infini se révèle, on se croit sur le seuil
du monde invisible, et l'on tombe à genoux pour saluer ces nouveaux Cieux et
cette nouvelle terre que l'Apôtre avait en-
trevus, et dont un reflet divin semble
passer devant l'œil ébloui :

*Et vidi cœlum novum et terram no-
vam* (2).

(1) Lucain, *Pharsale*, l. ii, v. 273.
(2) *Apocalypse de S. Jean*, c. xxi, 1.

FIN.

TABLE DES MATIÈRES.

FIN DE LA TABLE.

9 782329 249735